脚本版

益田ミリ

ほしいものはなんですか？

登場人物

芝田ミナ子	(40)	主婦
芝田タエ	(34)	会社員
芝田リナ	(8)	小学生・ミナ子の娘
長野春彦	(32)	農大准教授
岩瀬優子	(67)	主婦・ミナ子の母
中村征二	(34)	派遣・タエの同級生
高木麻由	(42)	主婦・ミナ子のママ友
芝田守	(41)	会社員・ミナ子の夫・タエの兄
竹下華	(26)	会社員・タエの同僚

林さわ子（40）……会社員・ミナ子の友人
前田良（56）……会社員・タエの上司
黒川ちとせ（40）……会社員・タエの同僚
遠藤彩（34）……会社員・タエの友人
手島さおり（34）……会社員・タエの友人
川辺紀子（60）……主婦・芝田家隣人
近藤三郎（70）……植木職人
岡里子（70）……主婦・ミナ子の遠戚
ジョン（30）……英会話講師
美容師
運転手
女性客A
女性客B

1 井の頭公園（朝）

紅葉している。
ランドセル姿の芝田リナ（8）、友だち3人と歩いている。
落ち葉を踏み、木々の間をじくざく、楽しげに遊びながら。

2 芝田家・2階ベランダ（朝）

青空。
芝田ミナ子（40）が、手で布団をたたいている。
ふいに手を止め、布団に寄りかかる。
ミナ子、住宅街の空を眺める。

3 品川の総合病院・全景

4 同病院・病室

窓辺のベッドに座り、子供用の赤い手袋を編む岩瀬優子（67）。
完成した片方の手袋が脇のサイドテーブルに置いてある。
ミナ子、入ってくる。

ミナ子「お母さん」

優子「うん」

ミナ子「いちご買ってきた。顔色いいね」

優子「そう？」

ミナ子、サイドテーブルの手袋を手にして微笑む。

優子「リナちゃん、手紙に漢字たくさん使ってた。すごいね」

ミナ子「そうなの。あの子勉強できるほうなんだけど授業になったら手があげられないの。緊張しちゃうみたい」

優子「女の子は控えめなほうがいいじゃないの」

ミナ子「そんなんじゃ、就職のときとか困るんだよ」

優子「（笑って）まだ、小学生でしょ」

5　同病院・給湯室

いちごを洗っているミナ子の後ろ姿。

6　同病院・病室

ミナ子、いちごを入れた器を手に入ってくる。

優子「ミナ子」

優子、サイドテーブルの引き出しに手を伸ばし封筒を取り出す。

優子「はい、これ。誕生日プレゼント。今年は買いに行けなかったから。お金、少しだけど」

ミナ子「え、いいよ、そんなの」

優子「いいじゃない。たまには自分のほしいものでも買えば」

優子、封筒をミナ子に渡す。

ミナ子「ありがとう。じゃ」

ミナ子、笑顔で受け取る。

7　山手線・電車の中

席に座るミナ子、
車内の女性客たちの洋服を見ている。

8　新宿のデパート・婦人服売り場A

混み合っている。
ミナ子、コートを手に取り、鏡で合わせる。
ミナ子の後ろで、若い女性客が別のコートを見ている。

女性客A「これ、かわいくない？」
女性客B「かわいい！」

ミナ子、鏡の中の自分を見つめ、コートを戻す。

9　同デパート・上りエレベーター

ミナ子、エレベーター脇の鏡で髪を整える。

10
同デパート・婦人服売り場B
ミナ子、40代の女性客に混じりコートを見ている。

11
東京・谷中
古い寺や、商店街。
ノラ猫が石段を歩いている。

12
シマ食品株式会社・表

13
シマ食品・オフィス
双子の子供の写真。
芝田タエ（34）がパソコンの手を止め、隣の席の写真を見ている。
竹下華（26）、気づいてタエに声をかける。

華　「黒川さんとこの双子ちゃん、大丈夫ですかね？」

タエ、我に返り、

タエ　「ほんと、インフルエンザとかじゃないといいけど」

前田良（56）、タエと華に声をかける。

前田　「誰かちょっと応接室片付けといてくれる？」

タエ　「（華に）私やるよ。トイレも行きたいし」

タエ、立ち上がる。

14　同社・応接室

コーヒーカップを片付けるタエ。

ゆがんだ壁の額を直し、花瓶の花も整える。

15　井の頭公園

ミナ子、スーパーの袋を手に歩いている。

年配の団体が集まっている。

長野春彦（32）が木を見上げて解説をしている。

長野　「これは、ピンオークの木です」
ミナ子、立ち止まり、木を見上げる。
長野　「ピンオークのドングリって、ちょっと変わってるんです。えーっと、落ちてるかな」
長野、落ち葉からドングリを拾い上げ、参加者たちに見せる。
長野　「丸くて、たてじまなんです。ほら」
ミナ子、さりげなく見る。
長野　「せっかくなんで、みなさんも探してみてください」
参加者たち、林の中に散っていく。
長野、ミナ子に気づき、
長野　「よかったらどうぞ」
と、ドングリを差し出す。
ミナ子　「いえ、いいです、いいです。私、通りがかっただけなんで。なにか、学校なんですか?」
長野　「新宿のカルチャースクールです。森を歩く講座」

ミナ子「あ、ああ、なるほど。みなさん、熱心なんですね」
ミナ子、ドングリを探す参加者たちを見つめる。
ミナ子「ピンオーク。これ、そんな名前の木だったなんて、ぜんぜん知らなかったです」
ミナ子、木を見上げる。

長野「アメリカの落葉樹です。この木の葉っぱは……」

長野、しゃがんで落ち葉を拾い、

長野「これがピンオークの葉っぱ」

と、ミナ子に見せる。

長野、参加者に呼ばれ、

長野「（ミナ子に）あ、じゃ、失礼します」

笑顔で去っていく。

ミナ子、前かがみになり落ち葉を覗き込む。

16　芝田家・全景（夜）

17　芝田家・リビング（夜）

電気が消えている。

テーブルにはバースデーケーキ。4本のロウソクに火が灯（とも）っている。

芝田守（41）とリナ、♪ハッピーバースデーの歌。

守、クラッカーを鳴らす。

リナ　「ママ、消して」

ミナ子、ロウソクを吹き消す。

守、電気をつける。

リナ　「ロウソク、4本だけ？」

守　「大人は1本が10歳だから」

リナ　「ママ、40歳だ」

ミナ子　「……うん」

ミナ子、ケーキを切り分ける。

ミナ子　「思い返せば、いろんなマンガの主人公の歳（とし）を追い越してきたなあ……。サザエさんも、とっくに歳下だし」

リナ、ケーキを頬張りながら、

リナ　「主人公ってなに？」

ミナ子　「お話の中で一番えらい人」

守　「（笑って）えらいとは限んないじゃん」
ミナ子　「そうだけど」
守　「他に代わりがいない、重要人物」
ミナ子　「難しくなってるし」
リナ　「ふーん」
リナ、ケーキを頬張る。
ミナ子、守に向かって、
ミナ子　「あ、ね、日曜日なんだけど」
守　「ああ、ごめん、出張、入っちゃった。月曜日早いから、前の日から行かないと」
ミナ子、がっかりして、
ミナ子　「えーっ、そうなの？　リナ、楽しみにしてたんだよ」
守　「いいじゃん、ふたりで行ってきなよ」
ミナ子　「でも、リナだって私とふたりばっかりじゃ……ねぇ、リナ？」
守　「リナ、いいよな、ママとふたりでも。水族館、行きたいよなぁ。

リナ「カニいるぞ、カニ」

守、カニの物まね。

「カニ、見たい！」

ミナ子、笑う。

18 シマ食品・オフィス（夜）

窓の外に月が見える。
パラパラと人が残っている。
タエ、パソコンに向かっている。
前田が席から、
前田「芝田さん、あのー、ほら、陳列棚のＰＯＰの見本、どこだっけ？」
タエ「えっと、ちょっと待ってください、黒川さん、机にあるって言ってたんで」
タエ、隣の席の引き出しを開く。整理ができていない。

辛抱強く、書類を探す。

19　地下鉄ホーム（夜）

タエ、疲れた様子で電車を待っている。

20　芝田家・子供部屋（夜）

体操服をきんちゃくに入れるミナ子。
リナ、使用後のクラッカーの紙で遊んでいる。
ミナ子、リナのパジャマ姿を見て、

ミナ子「リナ、また大きくなった？　ズボン、短くなってる。はい、お布団入って」

リナ、ベッドに入る。

ミナ子「そりゃそうだよね、ママ、40だもんね」

ミナ子、リナの布団を整える。

ミナ子「ね、リナ、ひとりっ子って嫌？」

リナ　「うーん、妹がほしい」

ミナ子　「じゃあ、ママ、妹になってあげる。お姉ちゃーん」

ミナ子、ふざけてリナの布団に覆い被さる。

21　地下鉄　代々木公園駅（夜）

階段をのぼり、地上に向かうタエ。
のぼりきったところで、ため息ひとつ。

22　チェーン店の蕎麦屋・店内（夜）

タエ、スマホを見ながら、きつね蕎麦を食べている。

23　コンビニ・店内（夜）

タエ、立ち読みしていた雑誌を戻し、デザートコーナーへ。
迷ってエクレアを手に、レジへ。

24

住宅街・路地（夜）

タエ、コンビニの袋を振りながら歩いている。

25

タエの部屋（夜）

タエ、イヤホンを耳に、ローテーブルにノートを広げている。エクレアを頬張りながら、もごもごと英語の発音レッスンをしている。

ふいに仰向けに寝転び、天井を見上げる。

26

芝田家・寝室（夜）

守、眠っている。
ミナ子、クローゼットにワイシャツを掛けている。
足元の紙袋に気づき、中の雑誌を取り出すとガイドブック『こどもとおでかけ』。
ミナ子、守を見て微笑む。

27

タエのマンション・玄関・外（朝）

タエ、寒そうに鍵を閉め、急いで出かける。

28

芝田家・リビング（朝）

テーブルの上に、数珠と香典の袋。
ミナ子、喪服。出かける準備をしている。

玄関のチャイムが鳴り、ゲームをしていたリナが、

リナ「あっ、タエちゃん来た」

リビングから出ていく。

29 芝田家・リビング（朝）

タエとリナ、並んでソファに座っている。

DSをするリナ。タエ、DSを覗き込んで、

タエ「あ、なんか来た、キツネ？」

リナ「カンガルー」

ミナ子「タエちゃん、今日はホントにごめんなさい。せっかくの日曜日なのに」

タエ「ぜんぜん、こんなことでもないと、ダラダラ寝ちゃうだけだし。あ、すいません、こんなことなんて……」

ミナ子「ううん。母のいとこだから、わたしもほとんど記憶がなくて。リナ、ゲームは？」

リナ　「(ゲームに夢中になりながら)1日1時間」
ミナ子　「タエちゃん、すみません、これ少ないけど、お昼ごはんに」
ミナ子、タエに封筒を渡す。
タエ　「あ、すみません」

30　井の頭公園・池

水鳥が泳いでいる。
タエとリナ、スワンボートに乗っている。
タエ　「あとで、肉まん、食べる?」
リナ　「うん」
タエ　「ね、クラスで好きな子いるの?」
リナ　「うーん、わかんない」

タエ　「ほんと〜？」

タエ、リナの横顔を見て微笑む。

リナ　「タエちゃんは、結婚しないんでしょ？」

タエ　「(驚いて) はい!?」

リナ　「パパが言ってた」

タエ　「お兄ちゃん、子供になに言ってんだっ」

リナ　「しないの？」

タエ　「いやいや、別に決定はしてないよ……。ほら、漕いで、漕いで。
あそこのカップルんとこまで行って、邪魔してやろう」

31　葬儀場・中

参列者と共に座っているミナ子。
順番がきて、焼香する。

32　井の頭公園・茶屋のベンチ

池が見える。散歩をする人々。

タエとリナ、肉まんを食べている。

タエ「高校生のころさ、ここでデートしたことあるんだ〜」

リナ「誰と？」

タエ「学校の先輩」

リナ「かっこいい？」

タエ「うん、かっこよかった。その人のお嫁さんになれたら、な〜んにもいらないと思ってた」

タエ、照れくさそうに笑う。

リナ「タエちゃん、お嫁さんになりたかったの？」

タエ「うーん……そうだなぁ」

タエ、立ち上がり、池を見る。

タエ「なりたいものって、いろいろあったな。ソフトボールの選手にもなりたかったし。ね、ちょっと見てて」

肉まんの紙を丸め、ピッチャーのようにゴミ箱に投げる。入らない。

リナ、笑う。

タエ　「おかしいなぁ」

ゴミを拾って入れるタエ。

タエ　「なりたいものっていろいろあったけど、仕事ってそれだけじゃないし」

タエ、リナを振り返り、

タエ　「それに、その人さえいればなんにもいらない、ってのは、なんか違うの」

タエ、リナの肉まんの紙を受け取って丸め、

タエ　「人生には、わたしがいなくちゃ！」

ピッチャーのようにゴミ箱に投げる。入らない。

33　葬儀場・出口

参列者たちが出てくる中、岡里子（70）がミナ子に声をかける。

里子　「ミナ子ちゃん？」
　　　ミナ子、頭を下げ近づく。
ミナ子　「わざわざありがとうございました」
里子　「あの、今日は母がうかがえず……」
ミナ子　「優子さん、お加減、いかが？」
里子　「はい、退院も決まりまして」
ミナ子　「（ホッとして）そう。よかった。ミナ子ちゃん、大きくなって。
　　　昔、うちに遊びに来てくれたこともあったのよ」
ミナ子　「すいません、私……」
里子　「ううん、まだ小さかったから。あなた、黄色いワンピース着てて。ピアノの先生になりたいって。あの日のこと、よく覚えてるの。うちの人もピアノやってたから」

34　回想・子供部屋

　　　小学生のミナ子、黄色いワンピースでピアノを弾いている。

♪『人の望みの喜びよ』バッハ

35 葬儀場・出口

立ち話しているミナ子と里子。

里子「ミナ子ちゃん、今は?」

ミナ子「あ、えっと」

里子、参列者に知人を見つけ、

里子「お母さんに、改めてご連絡しますって伝えといてね」

と、去っていく。

ミナ子、里子の後ろ姿に一礼する。

36 歩道

ミナ子、マフラーに顔をうずめて歩く。

37 三鷹農業大学・正門(別日)

学園祭の飾り付けがしてある。

38　同大学・中庭

学園祭で賑わっている。
屋台が並び、学生たちが呼び込みをしている。
ミナ子と高木麻由（42）が、屋台の野菜を買っている。

麻由「安いでしょ」

ミナ子「ホント、びっくり！　近くなのに、農大の学園祭がこんななんて知らなかった」

麻由　「ね、あっち、学生の手作りの味噌なんかも売ってるんだよ」
ミナ子と麻由、楽しげに歩いていく。

39	同大学・運動場脇の階段

ミナ子と麻由、座って焼きいもを食べている。
学生たちが野菜を手に、呼び込みをしている。

麻由　「お母さん、よくなってよかったね。今日はお見舞い、よかったの？」
ミナ子　「うん、姉が有休取れたからって」
麻由　「お姉さんって、なにしてるの？」
ミナ子　「会社員」
麻由　「正社員？」

ミナ子「うん」
麻由「いいな〜」
ミナ子「子供できても辞めなかったから」
麻由「あ、再就職じゃないんだ。そうだよね、なかなか中途じゃね」
ミナ子「うん」
麻由「ここの学生たち、なんか、いいね」
ミナ子「いきいきしてる」
麻由「研究者になる子もいるんだろうね」
ミナ子「うらやましい……夢があって」
麻由「ん？　ひょっとして、誕生日、過ぎた？」
ミナ子「ついに40歳になりました〜」
麻由「おめでとう！　やっとこっちの世界に仲間入りしたね」
ミナ子「なんかさ、最後の花びらが散っちゃったみたいってゆーか」
麻由「(笑って) ちょっと！　でも、わかる。あっ、そろそろお迎え行かなきゃ。どうする？　まだ、見てまわってる？」

ミナ子「うーん、そうしようかな。リナ帰るまで、まだあるし」
麻由「うん、じゃ、またね」
麻由、バタバタと帰っていく。

40 同大学・中庭

長野、屋台の前で学生たちと笑顔で話している。
ミナ子、長野に気づき、素早く立ち去る。
長野、ミナ子に気づく。

41 シマ食品・女子トイレ

タエ、洗面所で歯磨きしている。
華、個室から出てきて、隣で手を洗う。
華「なんか、一週間って早くないですか?」
タエ「早い」
華、去っていく。

入れ替わりで黒川ちとせ（40）が入ってくる。

ちとせ「なんか、一週間って早くない？」

タエ「早いです」

42　シマ食品・女子トイレ

タエ、化粧直しをしている。

ちとせ、個室から出てきて、隣で手を洗う。

ちとせ「明日、ごめんね、半休。風邪治ったと思ったら、今度はふたりそろって水疱瘡（みずぼうそう）」

タエ「大変ですね、大丈夫ですか」

ちとせ「なんとか。うちの親にも来てもらってるし。いつも、ほんと、すみません」

タエ「全然。困ったときは、お互いさまです」

ちとせ　「けど、うちとかまだマシなほう。ダンナの仕事、自由が利くじゃない？　むしろ、私より寝かしつけるのとかうまいから」

タエ　「へぇ、すごい」

ちとせ　「でも、そのまま寝ちゃったりするし。それがさ、3人、同じポーズ。笑えるよ、あっ、写真ある」

ちとせ、タエにスマホの写真を見せる。

タエ　「ほんとだ、かわいい」

微笑む。

43　地下鉄・車内（夜）

混んでいる。

タエ、つり革につかまっている。

44　地下鉄　代々木公園駅・ホーム（夜）

タエ、混んだ電車から出てくる。

タエ　前を歩く中村征二（34）に気づき、声をかける。

「おーい」

中村、振り返る。肩から大きなバッグを提げている。

45　チェーン店のカレー屋・店内（夜）

タエと中村、向かい合ってカレーを食べている。
タエ「そっか、辞めたんだ」
中村「最初からちょっと違うかな、ってのはあったし」
タエ「……」
中村「俺、違うじゃん。営業とかさ」
タエ「うん……研究のほうに進むと思ってた」
中村「最後は正社員だったら、なんでもよくなってたから」
タエ「それは、私もだよ」
中村、カレーを食べる手を止め、自分のスプーンを見つめる。
タエ、くすりと笑う。

中村　「なに？」
タエ　「私さ、大きくなったら、英語がペラペラになると思ってたんだよね」
中村　「え、なんで？」
タエ　「(笑って) 中学で習ったら、自然にそうなるんだろうって」
中村　「へえ」
タエ　「不思議なんだけど、英語しゃべってる私って、あ、想像のね。その私って、ぜんぜん別人なわけ。すっごい活発で。クラスのみんな笑わせて。人気者なの。スポーツとかも万能で」
中村　「(笑って) 英語、関係ないじゃん」
タエ　「だよね」
中村　「あのころって、なんもわかってなかったよなぁ」
タエ　「わかってたら、輝く未来、なんて習字で書く子いなかったよ」
中村　「俺、書いたわ、輝く未来」
タエ　「私も」

中村　「その輝く未来の先に……何があると思ってたんだろうな」
タエ　「優しいおじいちゃん、じゃない？」
中村　「今の俺からしたら、子供とか、孫とか、大富豪の持ちもんだわ」

46　大通り・歩道（夜）

タエと中村、歩いている。
中村　「久しぶりに人としゃべった気がするわ」
タエ　「そっか」
中村　「でも」
タエ　「？」
中村　「思ったこと、声に出しても、少し違う気がすんのな」
タエ　「……みんな、たぶん、ホントのこと言えてないんだよ」
中村　「……」
タエ　「交通警備って、朝までなの？」
中村　「うん」

タエ「そっか」

中村「がんばって！　とか、ナシで」

タエ「わかった。がんばって！」

中村、微笑み、横断歩道を渡る。

タエ、立ち止まり、後ろ姿を見つめる。

47 住宅街・路地（夜）

タエ、コンビニの袋を提げて歩いている。
子供用の靴が片方落ちている。
タエ、拾って砂を払い、木の枝にぶらさげる。

タエ「（ポツリと）お互いさま、か」

48 芝田家・リビング（夜）

リナ、宿題をしている。
ミナ子、覗き込むように、

ミナ子「今日の宿題、なあに？」
リナ「熟語」
ミナ子「熟語か〜。あ、〝主〟って字だね。どんなのがあるかなあ」
リナ「主人」
ミナ子「そうそう。お店とかでは雇ってる人、社長さんみたいなもんだね」

リナ　「パパのこと」

ミナ子、笑う。

ミナ子　「パパ、お店してないでしょ」

リナ　「でも、パパのこと、みんなそう言うでしょ」

ミナ子　「あ……（考え）そうだね」

49　小学校・教室

ＰＴＡの役員会議。机がロの字に並んでいる。

ミナ子、ノートを広げ、着席している。

廊下に貼り出されている生徒たちの習字。〈かがやく未来〉という字を見つめるミナ子。

窓辺に置かれたオルガン。ミナ子、鍵盤を弾くように、膝の上で指を動かす。

ふと、自分の手の甲に目をやるミナ子。

ミナ子「(ひとりごと)……シミ?」
慌てて、こすってみたりする。

50 品川の総合病院・病室

優子、ベッドに起き上がりリンゴを食べている。
ミナ子、イスに座っている。
サイドテーブルの上に、1組の赤い毛糸の手袋。

ミナ子「来週、退院、よかったね」
優子「うん、いろいろありがとね、ミナ子」
ミナ子「ね、お母さん。私、また働こうかな〜って考えてるんだ。リナも大きくなってきたし」
優子「大きいって言ったって、まだ3年生じゃない。守さんはなんて?」
ミナ子「まだ言ってないけど」
優子「そんなに急がなくても」

ミナ子　「リナだってこれからお金もかかるし。それにさ、働いたら世界も広がるじゃない」
優子　「でも、守さんに迷惑かけない範囲にしとかなきゃね」
ミナ子　「……うん」

51　井の頭公園

落ち葉の上に、キジバトのつがい。
ミナ子、スーパーの袋を手に歩いている。
ふと、足を止め木を見上げるミナ子。
ミナ子　「なんだっけ、この木」
長野がミナ子の後方から歩いてくる。
長野、ミナ子に気づき、
長野　「(笑って) どうも」
ミナ子　「あ……」
ミナ子、会釈(えしゃく)する。

長野　「この前、学祭で見かけました」

ミナ子　「あ、え？」

長野　「僕、あそこの大学で教えてるんで。っていっても、全然、下っぱですけど」

長野、ミナ子の足元を指差し、

長野　「それ、モグラの穴」

ミナ子　「えっ」

と、驚いて飛びのく。

長野　「(笑って) 大丈夫です。モグラ、そこから顔を出したりしませんから」

ミナ子　「そう、なんですか？」

長野　「その穴に落ちたミミズやなんかを、彼らは食べるんです」

ミナ子　「へ〜、そうなんだ」

52	三鷹・風の散歩道

ミナ子と長野、並んで歩いている。

ミナ子「これから大学なんですか？」

長野「はい。今日は僕は授業ないんですが、研究室に」

ミナ子「なんの研究されてるんですか？」

長野「植物生態学。ドングリなんかも研究してます」

ミナ子「はあ」

長野「ドングリにもさまざまな種類があるんです。コナラ、クヌギ、スダジイ、アカガシ。クリだって、ドングリですよ」

ミナ子「あ、そうだ、どん、ぐり、だ」

長野、川沿いのカタバミの葉を1枚ちぎる。

長野「10円玉、持ってますか？」

ミナ子「え？　あ、はい」

ミナ子、財布から10円玉を出し、長野に渡す。

長野、カタバミの葉で10円玉をみがく。10円玉、ピカピカになる。

ミナ子「わ、すごい」

長野　「カタバミの葉はシュウ酸を含んでいるから、これでみがくと、銅がピカピカになるんです」

長野、ミナ子のてのひらに10円を置く。

ミナ子　「(ドキッとして)どうも。あ、じゃあ、私、こっちなんで」

ミナ子、路地に入る。

長野、少し見送り、歩き出す。

53　芝田家・玄関・中(夜)

タエ、大きな紙包みを持って入ってくる。

タエ　「こんばんは〜」

54　芝田家・リビング(夜)

ミナ子とリナ、タエが包みを開けるのを見守っている。

中から、大きなクリスマスツリー。

ミナ子　「うわー、立派！　いいのかなあ、うちがこんなのいただいちゃって」

タエ　「いいもなにも、実家にあっても飾んないし。私んとこには大き
すぎだし」

ミナ子　「リナ、よかったね！」

リナ　「うん」

タエ　「オーナメントもあるよ。リナちゃん、飾ろっか」

タエ、棚の上にあるカルチャースクールの冊子に気づき、手に取
る。

タエ　「カルチャースクール、お義姉さん、なんか習うんですか？」

ミナ子　「(うろたえ) あっ、ううん、ちょっと見てただけ」

ミナ子、ハッとして、

ミナ子　「雨の音？　洗濯物！」

階段を駆け上がっていく。

タエ　「あー、降ってきちゃったか」

タエとリナ、ツリーの飾り付けをする。

タエ「今年はサンタさんに、何お願いするの？」
リナ「自転車」
タエ「へえ、いいなあ。私にもサンタさん、プレゼントくれないかねえ」
リナ「大人はムリだよ」
タエ「そっか」
リナ「タエちゃんのほしいものって何？」
タエ「うーん、そうだなあ、なんかあるかなぁ。彼氏はほしいけど、合わない人連れてこられても困るしなぁ」
タエ、ツリーにサンタクロースのオーナメントを下げながら、
タエ「保証、かな。な〜んて、夢のない話だねえ」

55 芝田家・リビング（夜）
ミナ子、リナ、守が食卓を囲んでいる。
クリスマスツリーが光っている。
守「で、タエ、ツリーだけ持ってきて帰ってったの？」

ミナ子　「そうなの。ヨガ教室があるとかで」
守　「会社の子たちもそうだけど、女の人、習い事、好きだよなあ」
リナ　「なんで好きなの？」
守　「さあ～。ママに聞いてみれば？」
リナと守、ミナ子の顔を見る。
ミナ子　「そうねえ……人生を、マシなものにしたいからじゃない？」
守　「……」
ミナ子　「(ハッとして）あれ、なんでこんなこと言ったんだろ。習い事、楽しいからだよ。勉強にもなるし」
ミナ子、取り繕うように笑う。
ミナ子　「(守に）ねえ、リナも大きくなってきたし、私、また働きたいなって思うんだけど」
守　「いいんじゃない？」
ミナ子　「えっ、ホントに!?　ね、リナ、ママが働きに出たらさみしい？」
リナ　「いいよ」

ミナ子「夕方まで学童だけど、いいの？」
リナ「うん」
守「俺はいいと思うよ。別に、ずっと家にいることないんだし」
ミナ子「(喜び) うん」
守「できれば、家事に支障が出ない範囲でお願いしたいけど」
ミナ子「(しゅんとして) あ、うん、そうだけど」

56 都内ヨガスタジオ (夜)

混み合っている。
タエ、ポーズをとって苦しそうな顔。

57 芝田家・キッチン (夜)

風呂上がりのミナ子。
電気が消えたリビングを見る。

クリスマスツリーに飾られているサンタクロース。

58　新宿・駅前

59　新宿・カフェ

ミナ子と林さわ子（40）、向かい合ってケーキセットを食べている。

さわ子「ホント、久しぶりだね」
ミナ子「引っ越し、無事に済んだ?」
さわ子「うん! 有休取れたおかげで、手つづき、いっきにできちゃった。今日はこれからカーテン選び」

ミナ子「でも、すごい、自分でマンション買うなんて」

さわ子「これからローン払うんだから、恐ろしいよ」

さわ子、笑う。

ミナ子「さわ子、えらいよ。ずっと仕事つづけて」

さわ子「それを言うなら、ミナ子だよ」

ミナ子「え？」

さわ子「だって、ちゃんとお母さんしてるじゃない。あ、そうだ、忘れてた。はいこれ、台湾土産」

と、ミナ子に包みを渡す。

さわ子「行ってきたの。3泊だったんだけど」

ミナ子「えーっ、いいな、どうだった、よかった？」

さわ子「やっぱりね、食べ物がおいしいの。食べてばっかりで、全然、お腹減らなかった」

ミナ子「え、誰と行ったの？」

さわ子　「あ、千佳だよ」
ミナ子　「あ……そうなんだ。千佳、元気？」
さわ子　「元気。仕事、がんばってるよ。あ、明日も会うよ。夜、ご飯食べるから」
ミナ子　「そっか……。あっ、ねぇ、総務の浜野部長、お元気？」
さわ子　「去年、定年退職したよ」
ミナ子　「えっ、あ、そうか、そうだよね……」

60　新宿・駅前

ティッシュを配る男。若い女性たちに渡している。
ミナ子、もらえない。

61　美容院・店内

ミナ子、鏡の前に座っている。
美容師　「今日は、どんな感じにします？」

ミナ子「えっと……なんか、ちょっとかわいい感じ、とか……ってできますか」

62　三鷹農業大学・正門前

学生たちが出入りしている。
ミナ子、前髪を触り、門の中を覗き込むように、通りすぎる。

63　住宅街・歩道

ランドセル姿のリナ、歩いている。
ミナ子、後ろからリナに声をかける。

ミナ子「リナ！」
リナ、振り向き、
リナ「あっ、ママ！」
ミナ子「よかった、間に合って。美容院寄ったら遅くなっちゃった」
並んで歩くミナ子とリナ。

ミナ子　「ね、どう、かわいい?」
　　　　ミナ子、自分の髪に手をやる。
リナ　「うん」
ミナ子　「ホント?（小声になり）ね、サラちゃんママと、ママ、どっち
　　　　が若く見える?」
リナ　「(考え）ママ?」
ミナ子　「どういうとこが?」
リナ　「(考え）髪?」
　　　　ミナ子、ガクッとくる。

64　芝田家・前
　　　　ミナ子とリナ、楽しそうに歩いている。
　　　　川辺紀子（60）が通りかかる。
紀子　「こんにちは〜」
ミナ子　「こんにちは」

紀子、リナを見て、

紀子　「リナちゃん、また大きくなったね」

リナ、もじもじする。

紀子　「おたくは、ご主人、背が高いから。リナちゃん、モデルさんみたいになるんじゃない？」

ミナ子　「リナ、どうする？　モデルさんだって！」

と、リナに笑いかける。

65　代々木上原・カフェ・店内（夜）

タエ、遠藤彩（34）、手島さおり（34）とパンケーキを食べている。

テーブルには台湾旅行のパンフレット。

彩　「ちょっと詰め込みすぎかな〜」

さおり　「いけるんじゃない？」

タエ　「九份観光して、そのあと夜市はハードかもよ」

さおり　「じゃ、九份のあと、小籠包（しょうろんぽう）食べに行く？」

彩　「いやいや、小籠包は初日でしょ」

タエ　「まず、最初に食べて安心したいよね」

3人、笑い合う。

さおり　「なんか、いいね、こういうの」

彩　「なにが？」

さおり　「みんなで旅行とかさ」

彩　「結婚したら、こういうこともできないもんね」

タエ　「私、結婚できんのかなぁ」

さおり　「子供産むなら、あと10年だよね」

彩　「なんで私たちだけタイムリミットあんだろ」
タエ　「自分が34とかって、ぜんぜん実感ない。高校生んときの気持ちとか、まだ普通に覚えてるし」
彩　「わかる。年齢だけが電車に乗って先行っちゃってんだよね」
さおり　「(笑って) なにそれ」
彩　「中身はホームに残されたまま」
タエ　「あたしたち、そのホームでなにしてんのかな……」

66　代々木公園駅近く・歩道（夜）

タエ、歩いている。
道路の反対側で深夜工事をしている。
制服姿で警備をしている中村。
タエ、立ち止まり、中村を見つめる。
中村、タエには気づかず、たんたんと働いている。

67 芝田家・子供部屋（夜）

リナ、ランドセルに教科書をつめている。

ミナ子、エプロンを持って入ってくる。

ミナ子「明日、エプロン、いるんだよね？　ここ置いとくよ～」

ミナ子、エプロンをリナのそばに置く。

リナ「サンタさん、自転車くれるといいね」

ミナ子「うん。タエちゃんは、〝保証〟がほしいんだって」

リナ「保証？　なにそれ」

ミナ子「知らない」

リナ「ふーん……。それを言うなら、ママは存在感、かな。な～んか、ときどき、取り残されちゃってる気がするんだ、なんて。さ、早くお布団入ろ」

68 芝田家・玄関・中（夜）

守、疲れた様子で帰宅。

69　芝田家・リビング（夜）

ミナ子、アイロンがけをしている。

ミナ子「おかえり」

守「なんか、食べるもんある？」

ミナ子「あれ？　いらないって言ってなかった？」

70　芝田家・リビング（夜）

守、テレビを見ている。

ミナ子、野菜炒めを運んでくる。

守「（見て）えー、野菜炒めかぁ」

ミナ子「だって、すぐできるのこれだったから」

守「1日働いて帰ってきて、野菜炒めってのも、さみしいっていうか」

ミナ子「……」

守「（笑って）うそうそ、食べます、いただきまーす」

守、テレビを見ながら食べる。

ミナ子、何か言いかけるが、無言でキッチンに歩いていく。

キッチンの窓辺に置かれたガラスコップの中に、ピンオークのドングリが数粒入っている。

71 農大・研究室（夜）

長野、ひとり、顕微鏡を覗いている。

72 代々木公園駅近く・歩道橋（夜）

月が出ている。

73 タエのマンション・部屋（夜）

タエ、電気をつけたまま、ベッドで眠っている。

耳のイヤホンが片方外れ、枕元には英語のテキスト。

74 タエのマンション・玄関・外（朝）

寒そうに鍵を閉め、出かけるタエ。

75 芝田家・リビング（朝）

タエとリナ、ソファでテレビを見ている。

ミナ子「タエちゃん、本当、ごめんなさい。有休まで取ってもらって。姉が急に行けなくなってしまって……」

タエ「それより、お母さんの退院、よかったですね」

ミナ子「リナ、連れていければいいんだけど、乗り物酔いしちゃうし」

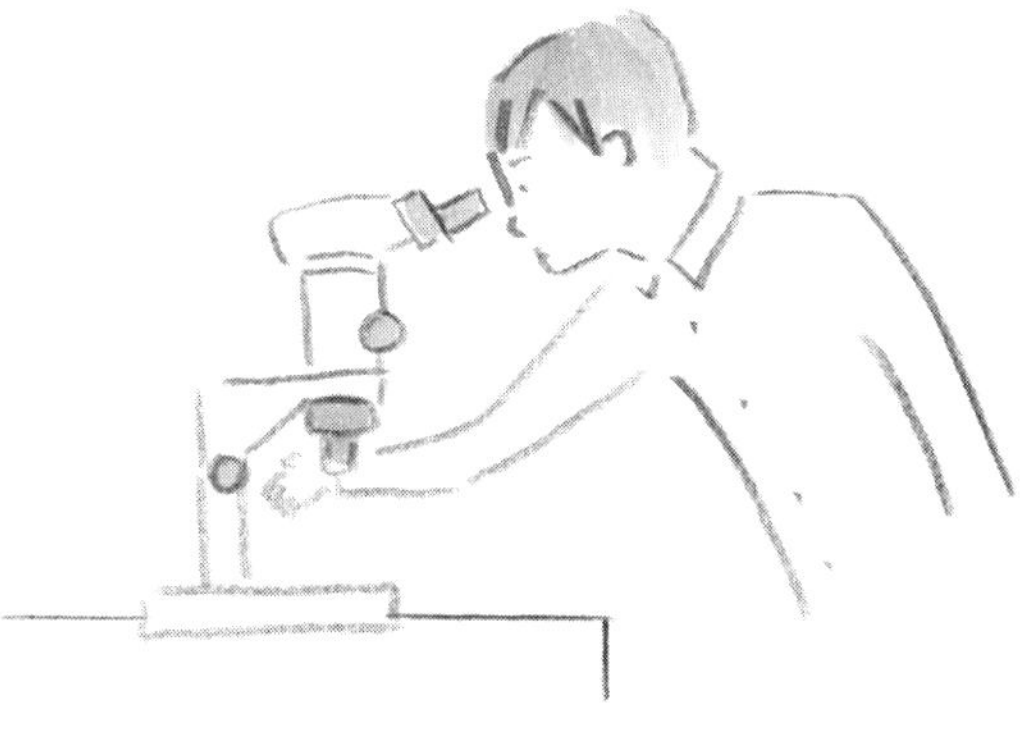

タエ　「ぜんぜん。私もゆっくりできるんでよかったです」
ミナ子　「家に送ったら、すぐ、帰ってくるんで。リナ、タエちゃんの言うこと聞いてね」
リナ　「うん」
　ミナ子、出かけていく。

76　青空

77　ベーカリーショップ・店内
　タエとリナ、窓側の席でサンドイッチを食べている。
タエ　「おいしいね〜」
リナ　「うん」
タエ　「今日、学校、創立記念日なんだって？」

リナ「うん。タエちゃんも、会社、お休み？」
タエ「うん、有休」
リナ「有休って、なに？」
タエ「うーん。会社には、自分で決められるお休みがあるの。今年、はじめて使うんだけどね……」
カウンター隅に小さなクリスマスツリー。
リナ「ママ、仕事するんだって」
タエ「え？　なんの仕事？」
リナ「知らない。前の会社の人にお願いしてるんだって」
タエ「ふーん」

78　三鷹駅・ホーム

ミナ子、電車を待っている。
ホームの端に長野が立っている。
ミナ子、気づいて、長野に近づく。

ミナ子「こんにちは」
長野「（笑顔で）あっ」

79　JR電車・車内

座席はポツポツ空席がある。
ミナ子と長野、並んで座っている。
太陽の光が差し込んでいる。

ミナ子「今日は大学じゃないんですか？」
長野「はい、研究者の集まりがあって」
ミナ子「うらやましいです」
長野「え？」
ミナ子「好きなこと、仕事にされてて」
長野「（笑って）ああ」
ミナ子「学園祭。本当は私、あのとき、いらっしゃるの気づいてたんです。でも、声かけられても、迷惑かな、って思って」

長野　「そんな……」

ミナ子　「いいですね、一生をかけて何かを研究するって」

長野　「逆に、これしかできないんで」

ミナ子　「私なんか、なんにもありません。結局、何にもなれなかったし」

長野、ミナ子の横顔を見つめる。

ミナ子　「自分がどんどん薄まっていくみたいな気がするんです。このまま薄まってっちゃったら、どうなるんだろ。（笑って）空気になっちゃうのかも」

長野　「（ポツリと）何にもなれなかった」

ミナ子　「？」

長野、腕組みをして考える。

ミナ子、長野の横顔を見つめる。

長野　「でも、見えてる」

ミナ子　「え？」

長野、ズボンのポケットからドングリを取り出す。

長野　「木から落ちたドングリって、全部が木になれるわけじゃありません。鳥に食べられたり、踏まれてつぶれたり。芽が出せないようなとこに、転がっていったり」

ミナ子　「……」

長野　「木になるって、大変なことなんです」

ミナ子「……」

長野「でも、僕らはここにいる」

ミナ子「……」

長野「それは、とてもすごいことです。（笑って）少なくとも、コイツにしてみれば」

長野、ドングリを差し出す。

ミナ子、長野の横顔を見つめてから、長野のてのひらのドングリに視線を落とす。

80	品川の総合病院・ロビー

優子、イスに座っている。脇にボストンバッグと紙袋。

書類を持ったミナ子が近づく。

ミナ子「お母さん、手つづき終わったよ」

優子「ありがとう」

ミナ子「お父さん、迎えにも来てくれないんだ」

優子　「ミナ子が来てくれるからいいって、お母さんが言ったの」

ミナ子　「どうせ、家のことも何もしてないんでしょ。お姉ちゃん、言ってたよ。ご飯も炊けないって」

優子　「ミナ子にも、春菜にも迷惑かけちゃって……」

ミナ子　「迷惑とかじゃなくてさ！」

玄関にタクシーが停まり、運転手が入ってくる。

運転手　「岩瀬さま〜」

ミナ子　「あっ、はい！」

ミナ子、手をあげる。

81　住宅街・歩道

タエとリナ、並んで歩いている。

タエ「平日の昼間って、よいねえ〜」

大きな伸びをするタエ。

タエ「今ごろ、会社の人たち働いてんだろうなあ」

リナ「タエちゃん休んだから、困ってる？」

タエ「まぁ、人手が足りないって意味ではね。でも、それだけだよ」

近藤三郎（70）が、民家の生垣の手入れをしている。

リナ「あ、植木屋さんだ」

タエとリナ、近藤に近づく。

タエ「こんにちは」

近藤、笑顔でうなずく。

リナ「(タエに) 小さい木だね」

近藤「小さい木って思うだろう？　でも、本当は違うんだよ」

タエ「そうなんですか？」

近藤「これ、アラカシって木なんだけどね、本当は10メートルを越える木なんだ」

タエ「切りそろえて、小さい木にしてるんですね」

近藤「そう。地味で目立たない木だけど、いい仕事してんだよ」

近藤、楽しそうに笑う。

82 タクシー・中

ミナ子と優子、後部座席に並んで座っている。

ミナ子、てのひらのドングリを見つめている。

83 芝田家・リビング（夕方）

ミナ子、タエ、リナ、ケーキを食べている。

タエ　「お母さん、退院、ホントよかったですね」
ミナ子　「タエちゃんには、お世話になりっぱなしで。改めて、お礼させて」
タエ　「そんな、困ったときはお互いさまだし。あ、仕事、はじめるんですか？」
ミナ子　「え？　うん、また働きたいなと思って。せっかく簿記の資格もあるし」
タエ　「いいとこ、見つかるといいですね」
ミナ子　「うん」
タエ　「でも、どうだろ。結構、きびしいかもしんないですね、特に事務とかは」
ミナ子　「あ……うん」
タエ　「私の友だちも、なんか、大変そうで。年齢的に」
ミナ子　「(ムッとして)……そうかもね」
タエ　「はい」

ミナ子　「（わざと明るく）ま、私の場合、どうしても働かなくちゃ、って
　　　　わけでもないから」
　　　　タエ、ムッとした表情。
ミナ子　「いいとこあれば、って感じで気長に探せばいいかなって」
タエ　　「（笑って）そうですよ。私なんか、仕事ないと、死活問題になっ
　　　　ちゃうから」
　　　　タエ、一呼吸おいて、
タエ　　「でも、自由っちゃ、自由なんですけどねぇ。友だちと旅行した
　　　　り。来月、友だちと台湾行くんですよ。リナちゃん、お土産
　　　　買ってくるね」
リナ　　「お土産って……」
　　　　ミナ子、リナの言葉をさえぎって、
ミナ子　「そうだよ～タエちゃんがうらやましいよ」
　　　　ミナ子、一呼吸おいて、
ミナ子　「でも、子供の成長を見られるのも今だけだし。これも大切な人

タエ　生経験なのかなって」
　「ホント、私こそ、お義姉さんがうらやましいです」
　不自然に笑い合う、ミナ子とタエ。
リナ　「(タエに向かって）お土産ってなに？」
タエ　「(早口で）日本に絶対売ってないもの」
リナ　「(ミナ子に向かって）ねぇ、ゲームしていい？」
ミナ子　「ダメっ」

84	住宅街（夜）
	タエ、怒った顔で歩道を早歩き。
85	新宿・雑居ビル・表（夜）
	英会話スクールの看板。
86	英会話スクール・教室・中（夜）

5人の生徒が座っている。

タエ、入ってくる。

タエ　「こんばんはー。ギリギリになっちゃった」

と、一番後ろの席に座り、急いでテキストを開く。

ジョン（30）、笑顔で入ってくる。

ジョン　「Hi, how are you?」

×　×　×

ジョン　「OK, next. Tae, what did you do, last week?」

字幕（じゃ、次。タエ、先週はなにしてた？）

タエ　「I had Italian food with my friends. After that, I ate pancakes.」

字幕（友だちとイタリア料理を食べました。その後、ホットケーキを食べました。）

ジョン　「You ate a lot!」

字幕（たくさん食べたね！）

教室に笑いが起きる。

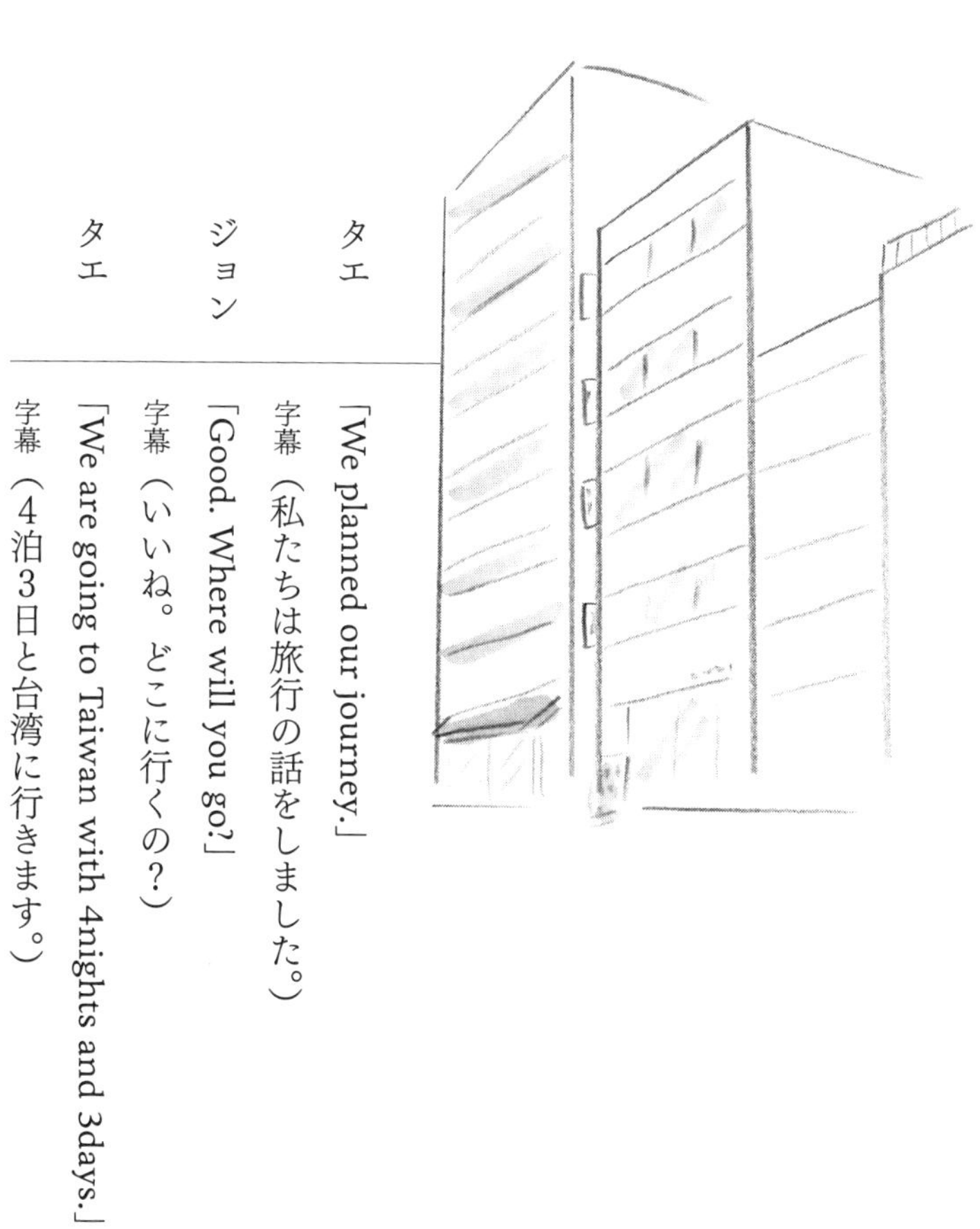

タエ　「We planned our journey.」
字幕（私たちは旅行の話をしました。）

ジョン　「Good. Where will you go?」
字幕（いいね。どこに行くの？）

タエ　「We are going to Taiwan with 4nights and 3days.」
字幕（4泊3日と台湾に行きます。）

ジョン　「For 4days and 3nights.」
字幕（3泊4日で。）

ジョン、タエの間違いを指摘する。

タエ　「（照れ笑いして）For 4days and 3nights.」
字幕（3泊4日で。）

ジョン　「Enjoy your trip.」
字幕（旅行、楽しんで。）

タエ　「Thank you, but....」
字幕（ありがとう、でも……。）

ジョン　「But what?」
字幕（でも、なに？）

タエ　「But I don't know about distant future.」
字幕（でも……遠い未来は、私にもわかりません。）
「If I lose my job once, I...we never get up again.」
字幕（もし仕事を失ったら、私は……私たちは二度とはい上がれません。）

「We may be dead alone. In a small room.」

字幕（たったひとりで死んでしまうのかもしれません。小さな部屋の中で。）


ジョン　「Tae, don't say sad things.」

字幕（タエ、悲しいことを言わないで。）

ジョン、心配そうに首を振る。


タエ　「But...I'm looking forward to visiting.」

字幕（でも……私は旅行が楽しみなんです。）

「Pancakes were delicious.」

字幕（ホットケーキはおいしかったんです。）

「But, it is not enough.」

字幕（なのに、それではダメなんです。）

「We can't say we are happy. We have to have everything.」

字幕（すべてそろっていないと、幸せだと言ってはいけない。）

「（涙ぐんで）Nobody understands.」

字幕（他の人にはわからない。）

「Why are we always competing with someone?」

字幕（なぜ、私たちはいつも誰かとはりあっているのですか？）

ジョン、困った顔。

87　地下鉄・ホーム（夜）

タエ、ホームの柱に、立ったまま額を当て、
タエ　「もう二度と行けないわ……」
と、ひとりごと。

電車が到着するが、タエ、乗車しない。去っていく電車をじっと見つめる。

88 芝田家・キッチン（夜）

洗い物をしているミナ子。

89 芝田家・寝室（夜）

ベッドが2つ並んでいる。
守、布団に入り、雑誌を読んでいる。
ワイシャツを手にミナ子、入ってくる。

守「あ、明日、早めに起こして」
ミナ子「私！」
守「ん？」
ミナ子「目覚ましじゃないよ」
守、キョトンとする。

ミナ子、窓のカーテンを勢いよく閉める。

90 三鷹駅・ホーム（別日）

ミナ子、電車を待っている。
長野に似た男を見てハッとする。

91 新宿のデパート・上りエレベーター

ミナ子、前を見て立っている。

92 同デパート・婦人服売り場

ミナ子、リクルートスーツを選んでいる。

93 シマ食品・オフィス

タエ、ダンボールを抱えて部屋から出ようとしている。

前田「（席に座って）芝田さーん、保西さんの新しい名刺すぐ出る？」

タエ　「あー、はい、ちょっと、今、アレなんで、竹下さんに頼みます」

タエ　タエ、パソコンをしている華に向かって、
「竹下さん、ごめん、私の2段目の引き出しから、保西さんの名刺出してくれる?」

華　「はーい」

タエ、慌ただしく部屋を出ていく。
華、タエの机の引き出しを開く。
無駄なく、美しく整理されている。
思わず、息をのむ華。

華　「すごい……」

94　代々木公園駅・階段（夜）

タエ、階段を見上げている。
大きく息を吐いてから、

タエ　「よしっ」

地上までいっきに駆け上がる。

95　洋食屋・店内（夜）

背筋を伸ばして座るタエ。
熱々の鉄板のステーキが運ばれてくる。

96　芝田家・玄関・中（朝）

ランドセルを背負い、靴を履くリナ。手には赤い毛糸の手袋。
ミナ子「車に気をつけてね」
リナ「行ってきまーす」
と、出ていく。

97　タエのマンション・玄関・外（朝）

タエ、寒そうに鍵を閉める。
手には仕事のバッグとゴミ袋。

98

タエのマンション・前（朝）

ゴミを出すタエ。
タエ、民家の生垣をちらりと見て大きくうなずく。
力強く歩き出す。

99

芝田家・子供部屋（朝）

ミナ子、掃除機をかけている。
勉強机の上に国語のノート。ミナ子、開いてみる。
熟語の宿題に、リナの字で「主人公」と書いてあり、赤い花まる。

100　芝田家・2階ベランダ（朝）

ミナ子、洗濯物を干している。
ふいに手を止め、手すりに寄りかかる。
ミナ子、空を眺める。
紀子、ほうきを片手に、前の道路からミナ子に声をかける。

紀子「おはようございまーす」

ミナ子「あ、おはようございます」

紀子「ご主人、今朝は早かったみたいね」

ミナ子、言葉に詰まる。
紀子、気にせず、

紀子「いいお天気。うちも洗濯しなきゃ」

と、去っていく。

ミナ子、深呼吸し、再び洗濯物を干す。

101 芝田家・リビング（朝）

テーブルに履歴書。
ミナ子、鏡の前でスーツ姿。

102 井の頭公園

スーツ姿のミナ子、池を見つめている。
立ったまま水筒のお茶を飲む。大きなため息。
林の向こうに、長野の姿を見つける。

ミナ子「あ……」

長野に追いつく、若い女性。
長野と腕をくみ、楽しげに歩く。
長野、ミナ子に気づかぬまま去っていく。

ミナ子「そりゃそうか」

103

井の頭公園

晴れた空と、紅葉した木々。

104	井の頭公園・ベンチ ミナ子、座っている。 膝の上でピアノを弾くように指を動かす。
105	回想・子供部屋 小学生のミナ子、黄色いワンピースでピアノを弾いている。 ♪『人の望みの喜びよ』バッハ
106	井の頭公園・ベンチ ミナ子、座っている。 ランドセル姿のリナ、友だちと落ち葉を踏み、遊びながら歩いている。
ミナ子	「(笑顔で) リナ！」

107 井の頭公園

ミナ子とリナ、歩いている。

ミナ子「今日の給食、なんだった?」
リナ「うーん、忘れた」
ミナ子「(笑って) 忘れたの?」
リナ「イカフライ」
ミナ子「ね、リナ。リナは大きくなったら何になりたい?」
リナ「わかんない」
ミナ子「えー、なんかあるでしょ。考えてごらんよ」
リナ「(考える) ……」
ミナ子「なんかあった?」
リナ「(ポツリと) 誰にもなりたくない」
ミナ子「え?」
リナ「大きくなっても自分がいい」

ミナ子　「（ハッとして）……うん、そうだね」

リナ　「あっ」

リナ、スワンボートを見る。

リナ　「ボート、見てきていい？」

ミナ子　「うん」

リナ、走っていく。

ミナ子、足元に落ちているドングリに気づき、拾い上げる。

太陽にかざすように高く上げ、見つめる。

再びしゃがんで、ドングリをそっと土の中に埋める。

完

あとがき

好きなテレビコマーシャルだけを録画していたことがあります。十代の終わり頃だったでしょうか。番組のスポンサーがわかれば、お気に入りのコマーシャルが放映される時間もわかる。テレビの前に座り、録画ボタンを押す準備をして待っていたものでした。

「短い映像の中に、ちゃんと物語があるなんてすごいなぁ」

コツコツためたコマーシャル集は、わたしにとって、小さなドラマそのもの。脚本に興味をもったのも、もとをたどればテレビコマーシャルなのではないかという気がしています。

カフェでコーヒーを飲みつつ、脳内で一時間ほどのドラマを鑑賞する。これは、そんなイメージで書いた脚本集です。

原作は、漫画『ほしいものはなんですか?』(ミシマ社)。自分の漫画を脚本におこしてみてわかったのですが、原稿に向かっているときの頭の中には違いがありませんでした。脚本も漫画も、どちらも登場人物が立体的に動き、話しているのです。

ミシマ社の〈コーヒーと一冊〉シリーズは、まさに本物のドラマの脚本みたいなサイズ感! コーヒー片手に、監督気分でお楽しみいただけたとしたら光栄です。

さて、みなさま、どのような配役を思い浮かべられたでしょうか?

益田ミリ

益田ミリ
ますだ・みり

1969年大阪府生まれ。イラストレーター。
主な著書に、『ほしいものはなんですか?』『みちこさん英語をやりなおす』
『そう書いてあった』(以上、ミシマ社)、『お茶の時間』(講談社)、
『沢村さん家のこんな毎日』(文藝春秋)、『泣き虫チエ子さん』シリーズ(集英社)、
絵本『はやくはやくっていわないで』(第58回産経児童出版文化賞受賞)
『だいじなだいじなぼくのはこ』『ネコリンピック』
『わたしのじてんしゃ』(以上、平澤一平・絵、ミシマ社)など。
『すーちゃん』シリーズ(幻冬舎)は2012年に映画化された。

脚本版　ほしいものはなんですか?
2016年9月4日　初版第一刷発行

著　者　益田ミリ
発行者　三島邦弘
発行所　㈱ミシマ社 京都オフィス
郵便番号　606-8396
京都市左京区川端通丸太町下る下堤町90-1
電　話　075(746)3438
FAX　075(746)3439
e-mail hatena@mishimasha.com

装　丁　寄藤文平・鈴木千佳子(文平銀座)
本文・表紙イラスト　著者
印刷・製本　(株)シナノ
組　版　(有)エヴリ・シンク

URL　http://www.mishimasha.com/
振　替　00160-1-372976　ISBN978-4-903908-79-3